ALFAGUARA INFANTIL

www.alfaguarainfantilyjuvenil.com

ALFAGUARA

www.alfaguarainfantilyjuvenil.com

• Ediciones Santillana, S. A.
Leandro N. Alem 720
C1001AAP - Ciudad de Buenos Aires
Argentina
• Editorial Santillana, S. A. de C.V.
Avda. Universidad, 767. Col. Del Valle,
México D.F. C.P. 03100
• Distribuidora y Editora Aguilar, Altea, Taurus, Alfaguara, S. A.
Calle 80, nº 10-23. Bogotá, Colombia

ISBN: 978-84-204-6980-5
Depósito legal: M-33.055-2008
Printed in Spain - Impreso en España por
Top Printer Plus, S. L. L., Móstoles (Madrid)

Tercera edición: julio 2008

Editora:
Marta Higueras Díez

Diseño de la colección:
Manuel Estrada

El monstruo del miedo

Gabriela Rubio
Ilustraciones de la autora

ALFAGUARA

A Maru por su amor,
y su miedo a las cucarachas.

Virginia

Virginia era una niña tan blanca, tan rubia y de aspecto tan frágil que casi parecía transparente. Por eso todos la trataban con tanto cuidado como a una copa de cristal, y constantemente le advertían:

—¡Cuidado no te caigas!

—¡Cuidado no te atragantes!

—¡¡¡Cuidado no te pique!!! —gritó su abuela cuando Virginia se acercó a mirar a un mosquito, temiendo que su mordedura pudiera ser mortal para una niña tan delicada.

Por supuesto que, si el insecto la hubiera atacado, a Virginia no le hubiera producido más molestia que una pequeña ronchita (como a cualquier niña normal). Pero nadie sospechaba que ella era tan fuerte y flexible como todo el mundo, y constantemente le advertían que tuviera muchísimo cuidado:

—Cuidado con la pelota, cuidado con las espinas del pescado, cuidado con las ramas de los arbustos… —decían en el colegio.

—¡Cuidado con los perros! ¡Cuidado con los coches! ¡Cuidado con tropezar! —oía en la televisión.

¡Virginia debía tener cuidado con tantas cosas…!

Y es verdad que hay que tener mucho cuidado, pero ¡miedo no!

A los seis años la habían cuidado tanto y tan bien, que Virginia nunca había sufrido el más mínimo accidente. Además se había convertido en una niña muy prudente: jamás tocaba interruptores, no comía nada que no estuviera envasado y no quería ver la tele, ir al cine o leer ninguna historia que sus padres no hubieran comprobado de antemano.

El problema es que, a menudo, las cosas que no se conocen son las que más miedo dan, y que si Virginia era tan exagerada, era porque se había convertido en una niña terriblemente miedosa.

A los seis años, Virginia tenía miedo de caerse, de atragantarse, de morir envenenada por la picadura de un insecto, tenía miedo de los perros y de las espinas de pescado, de arañarse con los arbustos, de que la golpearan con una pelota, de los coches, de tropezar y, en definitiva, de casi todo.

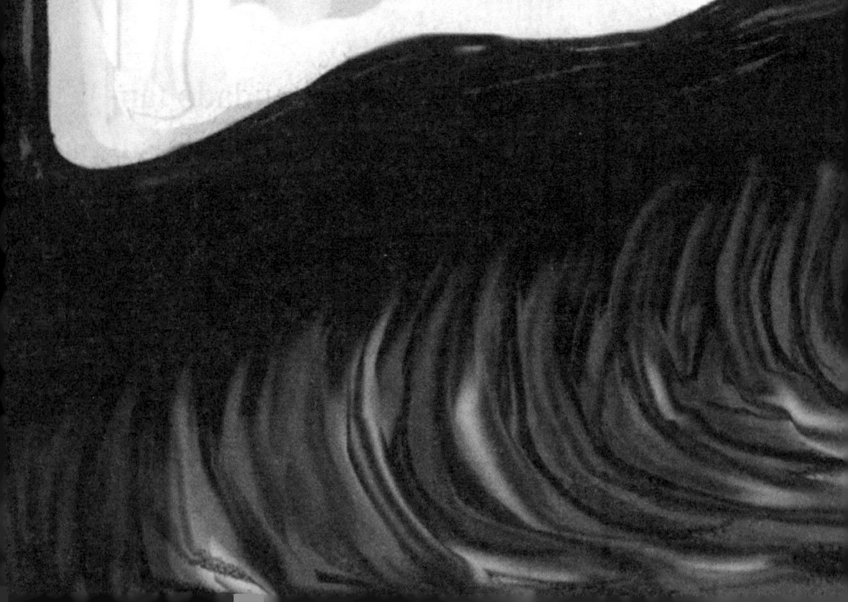

Como, por ejemplo, de los vampiros.

—¿De los vampiros? —preguntaréis.

Sí, sí, de los vampiros.

—¡Pero si los vampiros no existen! —diréis acertadamente.

Yo ya sé que no existen. Pero para Virginia —que nunca se había dado un golpe en la cabeza— eran tan terroríficos como un chichón y les tenía el mismo miedo.

¡Cómo odiaba quedarse a oscuras en su habitación!

Sobre todo cuando la ventana estaba abierta y podían colarse en plena noche…

—*Flap, flap, flap, flap* —el inconfundible sonido de unas alas sacudió el dormitorio y una pequeña sombra, más densa y oscura que las demás sombras, atravesó las cortinas y fue a instalarse en un rincón.

—¡Mamáááááá! —gritó Virginia, advirtiendo el destello de unos colmillos.

En realidad no podía verlos porque había metido la cabeza debajo de la almohada, pero la niña sabía que estaban allí.

—¡Mamáááááá! —volvió a gritar, y aunque lo hizo con todas sus fuerzas, los silbidos que escaparon de debajo de la almohada más se parecieron a los gritos de un pequeño ratón.

Por suerte, Angustias acudió enseguida encendiendo todas las luces:

—¡¿Qué pasa, cariño?! ¡Oh, qué horror! Cuidado..., no salgas de la cama. ¡¡¡Fuera, bicho asqueroso, monstruo repugnante...!!! —gritó alborotada—. ¡¡Fuera de aquí!! ¡Fuera, bicho...! —repitió dando manotazos al terrible vampiro que, entretanto, se había transformado en polilla y revoloteaba por la habitación.

Angustias era muy valiente y no descansó hasta sacar a la intrusa del cuarto de su hija.

La niña seguía enterrada bajo la almohada sin atreverse a mirar, y sólo al notar el peso de su madre sobre la cama, asomó un ojo para preguntar:

—¿Ya se ha ido?

—Sí, bonita, ya está. ¡Era un bicho terrible! Has hecho muy bien en esconderte. Todavía siento escalofríos de pensar que esa cosa hubiera podido… tocarte. Pero mamá estaba cerca y no ha sido nada, así que ahora vamos a dormir.

La niña tragó saliva, miró de reojo e imaginó a una polilla-vampiro acechándola tras la ventana. Las cortinas se mecían con suavidad.

—¡¿Y si vuelve?! —dijo la niña.

—Si lo hace, me llamas —contestó su madre, sacudiendo el oso de felpa que había caído al suelo—. Ya sabes que nosotros siempre estamos aquí. ¡No tienes nada que temer!

Suerte que sus padres siempre estaban prestos a acudir.

—Está bien —dijo Virginia, y las luces de la casa fueron apagándose a medida que Angustias regresaba a su dormitorio.

Abrazada a Pepo, vigilando las sombras, la niña pensó: «No me dormiré. No volveré a dormirme nunca más».

Pero en algún momento debió de hacerlo porque, al abrir los ojos, ya había luz en la habitación.

El miedo

Aquel día Virginia fue al colegio, y mientras sus compañeros corrían y gritaban atravesando el patio como flechas, permaneció inmóvil en un rincón. Masticaba insistentemente cada pedazo del sándwich de atún que le habían preparado en casa para desayunar, cuando un viento agitó los árboles y la niña vio que un hombre extraño, con un curioso pañuelo enrollado sobre la cabeza, se asomaba por encima de la verja para preguntar:

—¿Por qué tú nunca jugar con los demás niños?

Desconcertada, Virginia miró el sándwich, y cuando quiso responder, el hombre había desaparecido.

Luego, en clase, hicieron sumas y restas. A Virginia le gustaban los números…

—Si tenemos 3.482 caramelos y nos comemos 1.618, ¿cuántos caramelos nos quedan? —preguntó la maestra.

Trabajar con números resultaba muy agradable. Pero de pronto…

—Abrid el libro por la página 23 —dijo la profesora, y se encontró con el siguiente enunciado:

«Si un ciempiés tiene cien pies, ¿cuántos pies tendrán ocho ciempiés?».

Al lado de aquel ejercicio apareció el dibujo de un gusano sonriente. Virginia lo miró con aprensión, y enseguida pasó la página tratando de imaginar que, en lugar de pies de un ciempiés, el libro hablaba de pasajeros en un avión de pasajeros. Pero empezó a desconfiar de las matemáticas.

Aquella noche se acostó temprano. Sus padres esperaron a que se durmiera para encender el televisor y brotaron entonces ruidos de sirenas, música y gritos, pero Virginia no los oyó.

Dos horas más tarde, sin embargo, la niña se despertó.

No entraba luz por la rendija de la puerta, ni se oían ya las sirenas y los gritos…, pero había otro sonido más inquietante en la habitación: un silbido leve y extraño, como un siseo.

—*Bsbsbsbsbsb…*

Virginia abrió los ojos y tanteó entre las sábanas. Pepo no estaba. Seguramente, el oso se habría deslizado bajo la cama mientras ella descansaba.

—*Bsbsbsbsbsbsb*… —oyó.

Virginia escudriñó las siluetas que se recortaban en la penumbra. Allí enfrente estaban su silla, la mesa, el cuenco de los lápices, todo en su lugar habitual. Miró en dirección a la estantería, donde sabía que descansaban el resto de peluches y muñecas, sin apenas distinguir nada.

—*Bsbsbsbsbsbsb*… —¿también ellos podrían oírlo? ¡Echaba tanto de menos poder abrazar al oso!

Montaría una expedición para recuperarlo. Cinco dedos (es decir, una de sus manos) saldrían de debajo de las sábanas para inspeccionar la alfombra.

A los pocos segundos, su mano avanzaba:

«Cien pies tiene un ciempiés».

—*Bsbsbsbsbs*.

«¿Cuántos pies tienen cien…?».

—*BSBSBSBSBSSSSSSS*…

El ruido aumentó, algo húmedo le tocó la mano y, tapándose por completo, Virginia gritó:

—¡¡¡Papááááááááá, mamáááááá…!!! —aunque no podía verlos porque tenía la cabeza completamente cubierta por las sábanas, sospechaba que la negrura del suelo se había cubierto de un tejido vivo de gusanos y arañas que tropezaban unos con otras ¡y rodeaban al pobre Pepo dispuestos a trepar!

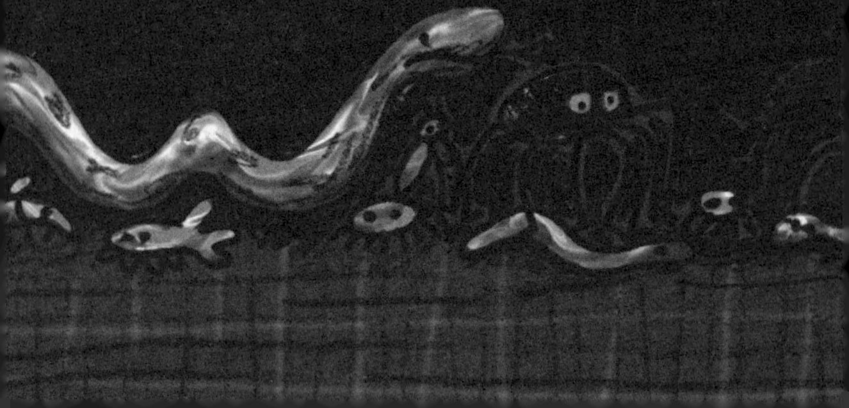

—¡Papáááááááááááááááááááá! —la luz del pasillo se encendió y las criaturas zigzaguearon, escurriéndose a medida que Inocencio se acercaba.

—¡¿Un incendio?! ¡¿Ladrones?! ¡¿Qué sucede, qué ocurre, qué pasa?! —preguntó, abalanzándose sobre su hija para abrazarla.

Virginia estaba demasiado asustada y se negaba a salir de su escondite. Sólo gemía:

—¡SE ESCONDIERON POR AHÍÍÍÍÍÍÍ!

El padre de Virginia inspeccionó la habitación, pero, por increíble que parezca, no encontró nada. Al menos a simple vista, nada había bajo la cama salvo el pobre Pepo, que siguió allí tumbado un rato más, ni tras los muebles, ni siquiera en los cajones o dentro del armario.

Entonces, el ruido volvió:

—*Bsbsbsbsbsbsb…*

—¡¡¡Qué ha sido eso!!! —exclamó Inocencio mientras Virginia volvía a encogerse entre las sábanas—. Voy a por la linterna.

—No me dejes sola —suplicó Virginia, aunque entendía que su padre debía armarse para defenderla de aquel ruido extraño.

El hombre regresó a toda velocidad, iluminó bajo la cama y el ruido cesó de repente en el momento en que su madre salía del cuarto de baño con una toalla enrollada sobre la cabeza y el cepillo de dientes entre las manos:

—¡¿Qué pasa?! —preguntó soltando espumarajos de dentífrico y con cara de pasmo.

—Un ruido…

—¡¿Ratas?!

—¡Y Pepo está mojado!—informó Inocencio iluminando con la linterna bajo la cama como un detective profesional.

El padre de Virginia reflexionó unos instantes y luego exclamó:

—¡Creo que ya se de dónde viene! Angustias, cariño, abre otra vez el grifo del baño, por favor.

La madre de Virginia lo hizo, y el siseo invadió la habitación:

—*BsbsbsbsbsbsbBSBSBSBSBSBSBSBS*...

—¡Papáááááá! —gritó la niña, imaginando gusanos y arañas.

—Son las cañerías: hay una fuga de agua.

—Los gusanos las rompieron y se fueron por ahí... —pensó la pequeña, tan enredada bajo las sábanas que sus padres no entendieron ni una sola palabra.

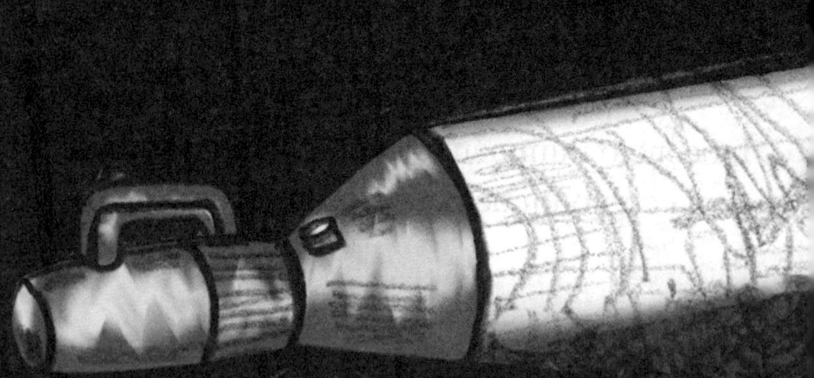

—Tranquila, cariño, has hecho bien en avisar —dijo Inocencio—. ¡Esto podría acabar en una inundación!

—¡La de edificios que se derrumban sin saber las causas! Hay que cortar el agua inmediatamente.

—Sí —convino Inocencio—, y cambiaremos la cama de sitio hasta que vengan a arreglar las tuberías. Puede ser peligroso dejar que Virginia duerma ahí.

—¿Y si la traemos para que duerma en nuestra cama? —preguntó Angustias.

—¡Sí, mamá! —contestó Virginia, asomando por fin la nariz.

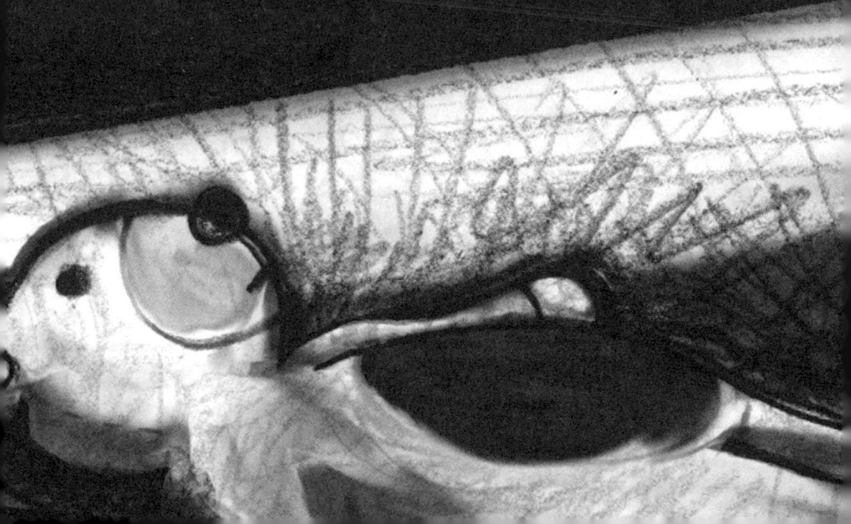

El suelo estaba húmedo y la niña no quiso pisarlo imaginando que eran las babas de los gusanos…

—¡Tienes razón! Será mejor que no camines descalza por aquí —dijo su padre previendo prudentemente, a su vez, los muchos peligros que acechaban a su hija (podía resfriarse, electrocutarse o resbalar)— y que duermas con nosotros hasta que esto esté arreglado.

Así que la cogió en brazos y se la llevó hasta el dormitorio grande donde, acurrucada entre sus padres, Virginia pudo dormir por fin como un lirón.

Pero al día siguiente, cuando regresó del colegio, la fuga de su habitación ya estaba reparada.

—¿Por qué no puedo dormir con vosotros todas las noches? —preguntó a su madre.

—¡Podríamos aplastarte! —contestó Angustias.

—Pero antes dormía en vuestra cama… Tú misma me lo has dicho muchas veces.

—Ya no eres tan pequeña y los tres juntos pesamos mucho… La cama se puede romper —contestó su madre—. Además, a todos nos dolería la espalda porque no hay suficiente espacio para dormir cómodamente.

—Papá podría quedarse en mi cuarto —razonó la niña.

—Pero es que papá y yo estamos casados —contestó Angustias—. Tú tienes a Pepo.

—Pepo no es lo mismo —protestó Virginia.

—¡Cómete las galletas! Debes alimentarte correctamente para no enfermar —contestó su madre, desviando hábilmente la conversación.

El vendedor

Aquella noche Virginia llamó varias veces a sus padres. Había aprendido en el colegio que los esqueletos están dentro de las personas y que debajo de cada cara hay una calavera. Incluso ella tenía una dentro de su cabeza, y esa idea no la dejaba dormir.

En realidad, ahora, ni siquiera la presencia de sus padres acababa de tranquilizarla, pues imaginaba la forma de sus cráneos cada vez que sonreían. Soñó, además, con criaturas extrañas, monstruos de otros

planetas, fuego, frío, hielo y fieras salvajes que la espiaban, y al día siguiente despertó aun más pálida de lo habitual.

Como era sábado, su abuela Prudencia pasó a buscarla y fueron juntas al parque. Para visitar la rosaleda era necesario adentrarse por un sendero de tierra, pero, aquella mañana, la niña se negó a salir de los caminos asfaltados. Moscardones, avispas, mariposas y libélulas zumbaban atravesándolo como dardos de impredecible movimiento, y una tormenta caída durante la noche había encharcado la tierra.

—¿Por qué no quieres pasar por ahí? —preguntó su abuela.

—Es que hay mucho barro —dijo Virginia.

Y, sin sospechar que era la posibilidad de encontrar arenas movedizas lo que en realidad inquietaba a la niña, Prudencia pensó que estaba muy bien que su nieta no quisiera mancharse los zapatos, así que fueron a sentarse a una terraza, junto al lago.

—Mira, ahí están Alfredo y Dolores —dijo—. Y al lado hay una mesa vacía.

—Buenos días —saludaron los vecinos de Virginia.

—Buenos días. ¡Y qué espléndidos, ¿verdad?! —dijo Prudencia, apartando una silla.

Hacía calor y ni una brizna de viento agitaba las aguas, que reflejaban el cielo igual que un espejo. Pero, incluso en aquel ambiente apacible, la niña no podía evitar pensar en los peligros horrendos que poblaban el universo y que la asaltaban de noche amparados en la oscuridad. ¿Dónde se esconderían durante el día? Debían de reposar bajo las piedras, dentro de los armarios o, tal vez, bajo las aguas de aquel lago… Virginia apartó la vista del agua, y acababa de coger su vaso de horchata cuando algo muy extraño sucedió: mientras el resto del parque permanecía en calma, un torbellino surgió de no se sabe dónde y empezó a moverse entre los árboles.

Las hojas secas que encontraba a su paso interpretaban una especie de baile y se sumaban al remolino haciéndolo cada vez más denso. Era un espectáculo impresionante, pero la abuela de Virginia sorbía de su taza sin verlo.

—¡¿Qué es eso, abuela?! —dijo la niña, alarmada.

Prudencia alzó la vista y preguntó:

—¿El qué?

El remolino había formado ahora una especie de barrera o muralla circular en mitad de la avenida, y daba vueltas a velocidad de vértigo.

—¡Allí!

Era imposible no ver aquello y, sin embargo, ni su abuela ni la gente que paseaba cerca del torbellino parecía notar su presencia.

De repente el viento cesó y las hojas cayeron como copos de nieve.

—Ah, sí, ya veo —exclamó entonces Prudencia recolocándose las gafas para ver mejor—. Dios mío, pero ¡qué extranjero tan peculiar!

En lugar del torbellino había ahora un hombre de piel oscura vestido con una camisa blanca. Llevaba pantalones de faquir, turbante y un precioso ramo de rosas apoyado sobre uno de sus brazos. Inmediatamente Virginia le reconoció: ¡era el personaje que la había interrogado junto al patio del colegio!, y caminaba directamente hacia ella. También los vecinos de Virginia se fijaron en él.

—Agarra el bolso —susurró Alfredo.

—Oh, cielos, tienes razón..., ese tipo viene hacia nosotros —murmuró su mujer.

El hombre del turbante siguió avanzando y sacó una rosa de su ramo.

—No queremos comprar nada, gracias —dijo el vecino de Virginia, y su mujer sostuvo el bolso firmemente apretado entre sus rodillas, mientras el extranjero pasaba de largo y se plantaba frente a Virginia.

—¿Qué desea? —preguntó Prudencia, más tiesa que el palo de una escoba.

—Esta rosa ser para niña —dijo el extranjero mostrando la preciosa flor.

—Nosotras no queremos… —empezó a decir la abuela, pero el hombre se había agachado ante Virginia y entregó de todos modos la flor.

Era la más roja del ramo.

—¡No insista, por favor! —intervino Alfredo, acudiendo en ayuda de Prudencia, desde la mesa de al lado.

Pero la niña sostenía ya en una mano la horchata, y en la otra, la flor que el hombre del turbante le había dado.

—Ella enseñar tú a no tener miedo —dijo el hombre.

—¿De verdad? ¡Abuela...!

—Está bien —consintió ésta hurgando nerviosamente en su monedero—. ¡¿Cuánto es?!

—Ser regalo para niña —contestó el extranjero y, guiñándole un ojo a Virginia, añadió—: Sólo tener una espina... ¡CUIDADO tú no pinchar!

El hombre volvió a incorporarse, dio media vuelta y se alejó.

—Qué tipo tan extraño —dijo Dolores—. Podía haberme robado el bolso si no estoy alerta.

—Uno no puede fiarse de los extranjeros —convino su marido—. Nunca se sabe lo que van a hacer.

Entretanto, Virginia se había quedado tan inmóvil como una estatua y sólo tenía

ojos para el vendedor. ¿Desaparecería tan misteriosamente como había llegado?

—Ya puedes tranquilizarte, cariño —advirtió Prudencia—. No ha pasado nada.

Pero, por una vez, la niña no estaba asustada, sino tan concentrada en no perderle de vista que el vaso de horchata que sostenía empezó a inclinarse.

—¡CUIDADO no te manches! —exclamó su abuela, y durante una fracción de segundo Virginia despistó su vigilancia.

Cuando volvió a levantar la vista, el hombre del turbante se había esfumado.

La rosa

Pero la rosa sí que estaba… ¡y era magnífica!

Virginia comprobó que, tal como el hombre del turbante había advertido, lucía una diminuta espina, reluciente y afilada, en mitad de su tallo. Depositó la flor sobre la mesa, y estaba dando un trago a su vaso de horchata, cuando apareció un moscardón.

—¡Cuidado, una abeja! —gritó su abuela.

—¡Es una avispa venenosa!

—¡Es un tábano mortal! —gritaron Alfredo y Dolores.

Los vecinos de Virginia agitaron sus periódicos, y la niña encogió el cuello en su camisa igual que una tortuga. Pero cuanto más hacían sus vecinos por espantarlo, más cerca de Virginia zumbaba el inocente moscardón.

—¡Ayayayay, me quiere picaaar! ¡Socorro, auxilio, auxilio, socorro! —gritó.

—¡Fuera, bicho asqueroso! —gritaba Prudencia.

Pero el insecto insistía en posarse sobre Virginia y daba vueltas y más vueltas a su alrededor hasta que, de pronto, la niña tocó la rosa y, súbitamente, el insecto desapareció.

—¿Por dónde se ha ido? —dijo Alfredo.

—¿Dónde está? —preguntó Dolores.

Y la niña contempló la rosa sobre la mesa un poco extrañada.

—Bueno, lo importante es que por fin se ha largado —exclamó la abuela de Virginia desplomándose sobre su asiento—. ¡¿Verdad, cariño?!

Pero, al poco rato, algo todavía más sorprendente iba a suceder.

No muy lejos de allí, un perro gigantesco jugaba con su amo devolviéndole una pelota una y otra vez. Galopaba por la avenida como un caballo cuando, en uno de los lanzamientos, la pelota rebotó contra una farola y fue a parar bajo la mesa de Virginia. Entonces el perro siguió al juguete ¡y se metió directamente bajo su silla!

—¡¡¡Salven a mi niña de este monstruo!!! —gritó Prudencia.

—¡¡¡Esta fiera salvaje nos está atacando!!! —chilló Dolores.

—¡*Bruno,* ven aquí! —dijo el dueño del perro. Pero la niña pateaba el suelo y, con el ajetreo, sólo conseguía confundir al animal que, finalmente, le agarró un zapato.

—¡Abuelaaaaaaa! —gritó—. ¡Auxilio, socorro, socorro, auxilio!

—¡Tranquilos..., sólo está tratando de recuperar su pelota! —insistió el hombre corriendo hacia su perro mientras Prudencia gritaba:

—¡¡¡Mi niña, salven a mi niñaaaaa!!!

Entonces Virginia tocó nuevamente la rosa… ¡y el perro desapareció!

—*¡Bruno! ¿Bruno?* ¡¿Dónde está?! —preguntó su dueño, pues allí no había perro, ni pelota, ni rastro de ninguno de los dos.

—Ese animal es un peligro —dijo Alfredo.

—Deberíamos avisar a las autoridades —señaló Dolores—. ¡Y pensar que ahora anda suelto por ahí!

—¡Policía! ¡Policía! —gritó el camarero.

Pero el gigantesco monstruo había desaparecido, y por más que el dueño buscó y rebuscó, llamó y silbó, no apareció por ningún lado.

No habiendo perro, ¿qué se podía denunciar?

—Mejor así... ¡Ese tipo de animales no debería ni existir! —dijo Prudencia—. ¿Estás bien, cariño?

—Sí, abuela —contestó la niña, que había vuelto a dejar la rosa sobre la mesa y volvía a tener puesto su zapato.

La espina

Aquella noche Virginia colocó la rosa en un jarrón junto a su cama. Quería tenerla a toda costa al alcance de su mano, ya que los varios cientos de peligros que la habían acechado a lo largo de aquel día se habían esfumado, uno tras otro, con sólo tocarla. Aquella paloma batiendo sus alas, el ruido de una bocina, las sombras de un callejón, el gato que removía basuras, los carteles de *La momia*... Incluso el fuego de algún mechero había desaparecido cada vez que, sintiendo miedo, había agarrado la flor. Y la rosa, a cambio, sólo parecía cada vez más henchida y hermosa, más perfecta y brillante, y más roja…, aunque también el tamaño de su espina había aumentado, y eso hacía que tuviera que sujetarla con mucho cuidado para no pincharse.

«Ya pueden aparecer vampiros, serpientes, esqueletos y fantasmas que, mientras tenga la rosa», pensó, «estaré a salvo».

Virginia apagó la luz, y esta vez no tardó en dormirse.

Soñaba que estaba en un jardín, rodeada de flores, cuando un inconfundible aleteo la devolvió a su habitación:

—*Flap, flap, flap, flap…*

«¡El vampiro!», pensó enseguida.

De cara a la pared, Virginia notó cómo sus orejas crecían esforzándose por escuchar, pues la habitación estaba, de nuevo, en completo silencio.

—La rosa, tengo que coger la rosa —se dijo y, esforzándose por no hacer el más leve ruido, se empezó a girar muy lentamente.

Pero, al hacerlo, vio algo brillar a los pies de su cama y, entonces…

Se precipitó sobre la flor presa del pánico, tanteó en el aire, tiró el jarrón al suelo y, cuando por fin consiguió asir la rosa, se pinchó con su única espina que, grande y brillante, quedó clavada en su dedo.

Justo entonces, un golpe tremendo sacudió las ventanas y un impresionante remolino de aire, hojas secas, papeles de periódico y bolsas penetró en la habitación y

empezó a correr arriba y abajo peinando las paredes y arrastrando la silla hasta tumbarla. Se detuvo por fin en el mismo lugar en que los colmillos del vampiro (ahora desaparecido) habían brillado a los pies de la cama, para deshacerse allí en copos de nieve, del mismo modo en que había visto aquel otro torbellino diluirse y caer, en la avenida del parque, por la mañana.

Y del mismo modo, el hombre del turbante se apareció.

—Buenas noches, Virginia —saludó cortésmente—. Veo que, a pesar de mi advertencia, al final tú haber pinchado con la flor.

—Sí —contestó la niña atemorizada.

¿Se desangraría repentinamente?

Virginia miró la herida con aprensión. Era… pequeña y le dolía un poco, aunque la espina había desaparecido. Pero la rosa no: estaba en el suelo junto al jarrón y parecía languidecer.

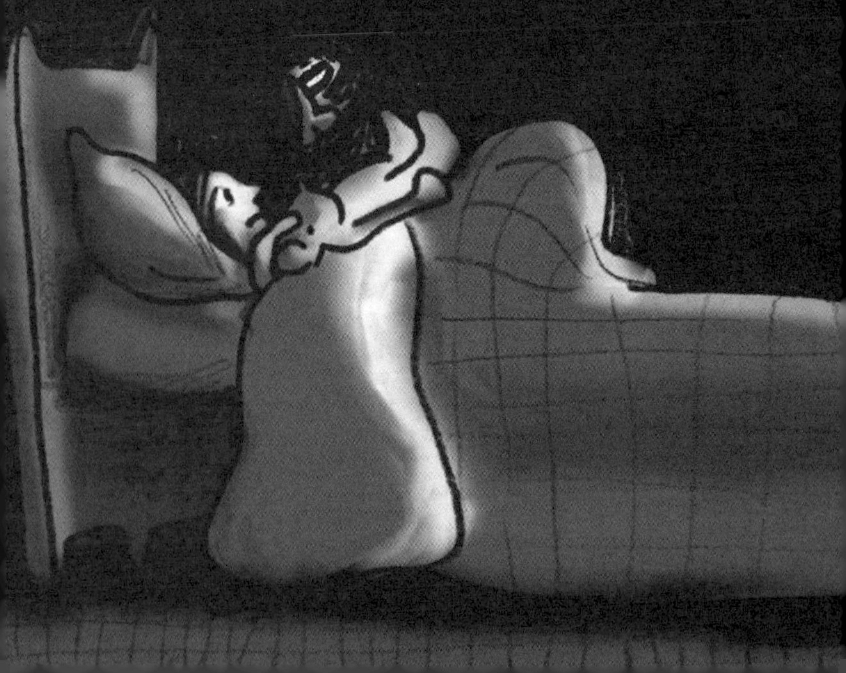

—Yo tuve cuidado —trató de disculparse—, pero es que…

—Antes o más tarde tener que suceder; no todos los accidentes poder evitarse —dijo el hombre.

—¿Qué pasará ahora? ¡¿Me moriré?!

El hombre dejó escapar una suave risa y contestó:

—¡Nadie morir por pincharse con una rosa!

—¿Entonces qué…? ¿Dejará la flor de ayudarme a no tener miedo?

—La rosa no haber ayudado todavía…

—¡Sí que me ha ayudado! —protestó Virginia—. Me ha ayudado muchísimo: había un moscardón, y luego un perro que quería morderme, y después vino aquella paloma, y el ruido de… ¡Todos desaparecieron!

—No desaparecer. La rosa sólo esconder —advirtió el vendedor—. Y ahora la rosa enseñar que nada ser tan horrible si tú mirar. Ella no hacer ningún daño si tú mirar.

—Pero es que ¡tengo miedo! —dijo Virginia escondiendo su cara.

—¡Tú siempre tener miedo! Pero la rosa ayudar a tú… si tú ayudar al Monstruo del Miedo —señaló el vendedor.

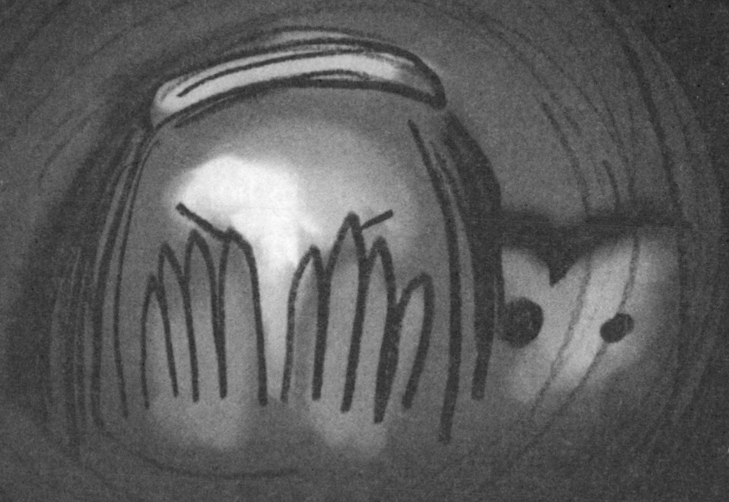

¿Ayudar al Monstruo del Miedo? ¡¿A qué se referiría?!

Entonces Virginia miró hacia el suelo y vio cómo se iniciaba una sorprendente transformación: la flor no era ya roja, sino blanca, y su tallo había empezado a curvarse, luego a retorcerse y a crecer, haciéndose cada vez más oscuro. Sus hojas también cambiaban de tamaño y forma: las unas convirtiéndose en alas de mosca, las otras en tentáculos y garras… ¡Y el hombre del turbante había desaparecido!

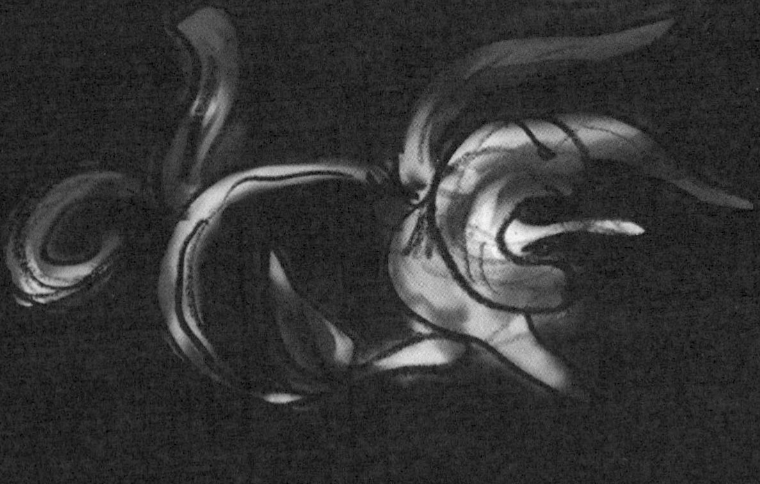

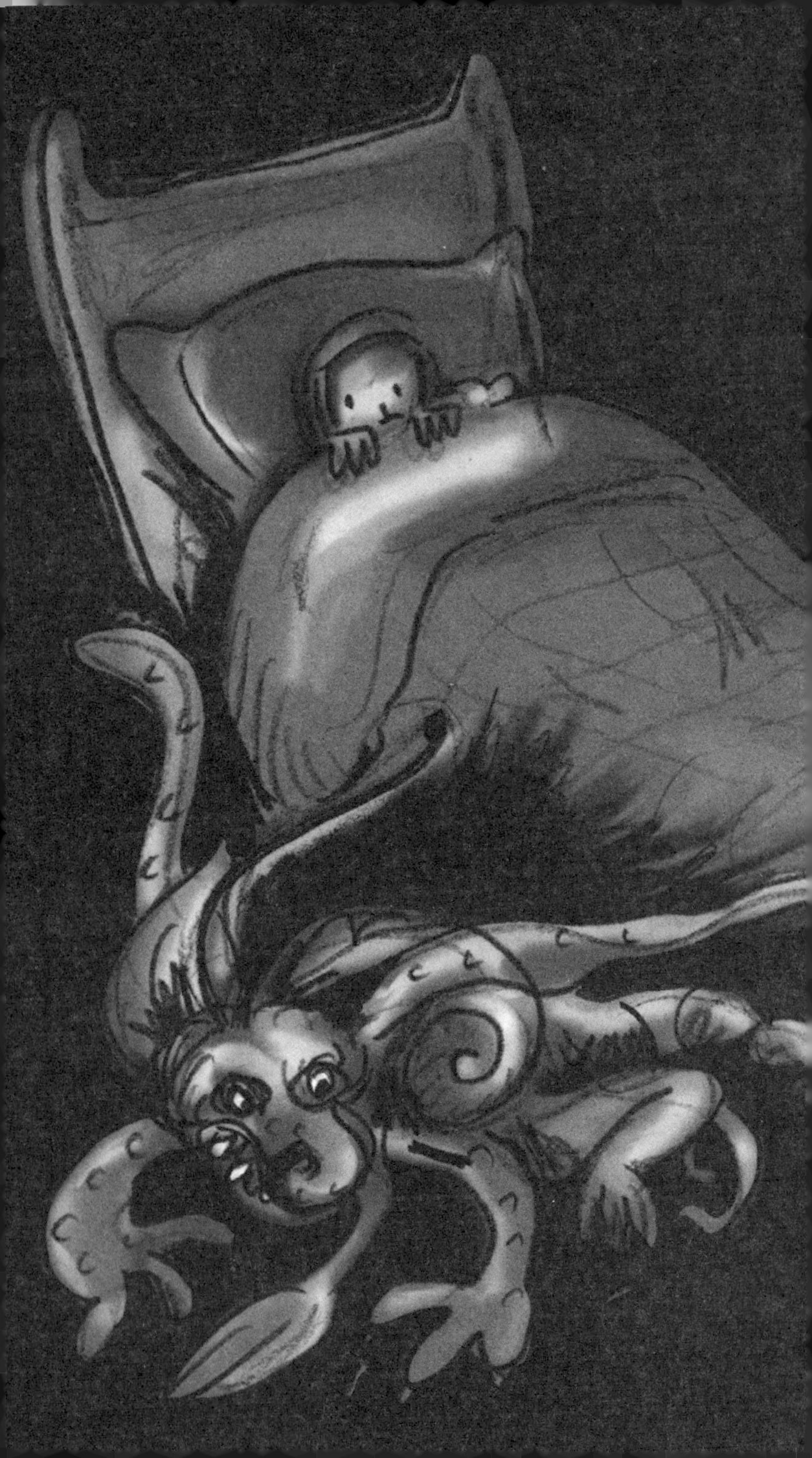

—¡Mamáááááááááá! —gritó Virginia, pero su grito se quedó encerrado en la habitación.

—¡Papááááááááááá! —volvió a gritar; pero Virginia notó que gritando sólo conseguía acelerar la transformación de la flor, convertida ahora en un monstruo que se hacía cada vez mayor.

Entonces la niña se abrazó a su oso de peluche repitiéndose:

—Tengo que mirarla. No me hará daño si no dejo de mirarla… —aunque estaba terriblemente asustada.

Los pétalos de la flor se habían transformado en dientes y garras, su tallo en un cuerpo lleno de pelos, sus hojas en antenas y patas, y el monstruo no dejó

de crecer hasta ocupar toda la habitación, aunque a Virginia empezaba a no darle tanto miedo.

Entonces aquel bicho terrible suspiró:

—¡Ay! —algo le dolía.

Virginia la miró mejor: aquella criatura tenía cara de mosca y su boca estaba tan llena de dientes como la de un tiburón; algunas de sus patas parecían tentáculos como los de los pulpos, mientras que otras recordaban las tenazas de un cangrejo, sólo que mucho mayores; de su cabeza salían antenas largas como látigos, su cuerpo era escamoso, y su cola peluda como la de un perro acababa en un aguijón. Sus ojos tristes lo alumbraban todo con una luz verdosa, y en una de sus patas había clavada una espina enorme.

—¡Ay! —volvió a suspirar, y aunque aquél era el ser más terrorífico que hubiera podido imaginar jamás, Virginia apartó a Pepo, bajó de la cama y se acercó a su pata herida.

El monstruo inclinó la cabeza y ambos se miraron.

—Tú también tienes miedo, ¿verdad? —comprendió la niña.

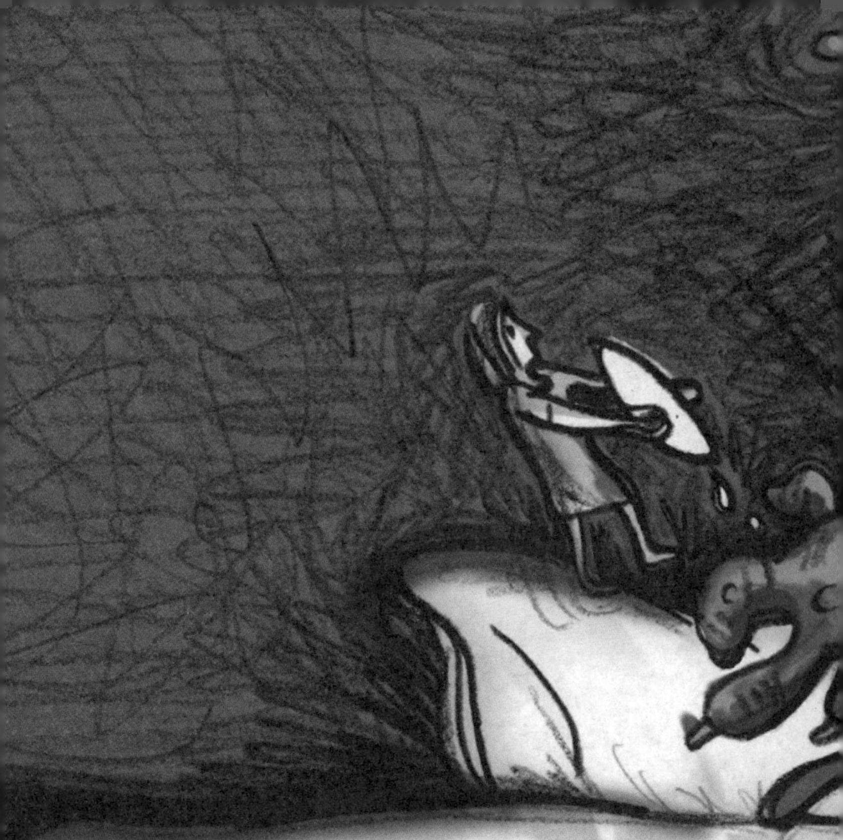

Virginia tiró de la espina y, al desclavarla, se despertó.

—¡Menuda pesadilla! —se dijo.

Empezaba a amanecer.

Entonces oyó un aleteo:

—*Flap, flap, flap, flap…*

—¡El vampiro! —y estaba a punto de llamar a su madre cuando, recordando lo que

el hombre del turbante había dicho en su sueño, en lugar de taparse la cabeza con las sábanas, abrió los ojos de par en par.

—¡Polilla-vampiro, ¿dónde estás?! —preguntó.

Debía de haberse escondido, porque no la veía por ningún lado.

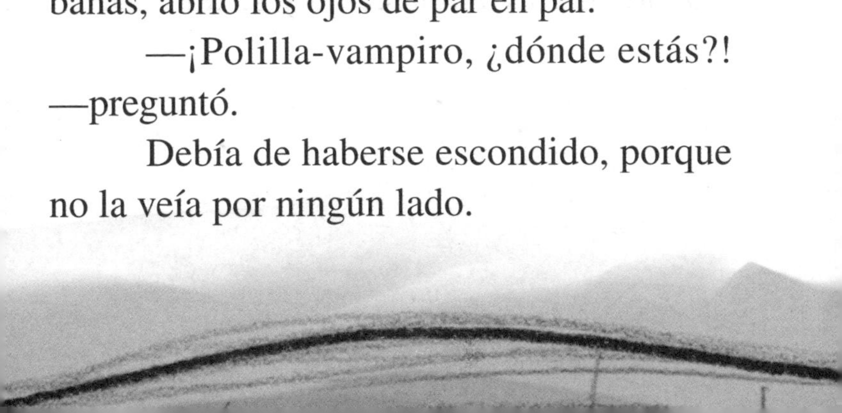

—*Flap, flap, flap, flap*... —escuchó otra vez, y entonces vio al pequeño insecto que revoloteaba por la habitación.

La polilla se posó sobre un libro y, nuevamente, la niña estuvo a punto de llamar a su madre, pero se lo pensó mejor:

«Nada ser tan terrorífico si tú mirar...», había asegurado el hombre del turbante.

Así que se acercó para observarla y, tal y como había sucedido en el sueño, su miedo fue haciéndose cada vez más pequeño a medida que la miraba: no tenía dientes ni colmillos..., ni siquiera el más mínimo aguijón. ¡Comparado con el Monstruo del Miedo, casi daba risa! Así que Virginia llevó el libro hasta la ventana, lo sacudió con suavidad, volvió a la cama y se durmió.

Últimas pesadillas

Al día siguiente regresó al parque con sus padres.

Los moscardones, avispas, mariposas y libélulas zumbaban atravesando el camino de tierra, pero Virginia no se amedrentó y avanzó decididamente hasta la rosaleda. Luego fueron a sentarse a la misma terraza en la que había estado con su abuela el día anterior. Virginia observaba las barcas cuando apareció un moscardón.

—¡Atención, cuidado…! —gritaron sus padres.

Virginia se encogió un poco, pero fijó la vista en él y no se movió.

El moscardón dio tres vueltas alrededor de su cabeza y su zumbido se alejó.

También un perro jugaba cerca y, cuando su pelota rebotó contra una farola y fue a parar bajo la silla de Virginia, el dueño logró sujetarlo y fue con él a buscarla. La niña cogió la pelota del suelo y se la entregó.

—¿Quieres tirársela tú? —preguntó el hombre.

—¡No es prudente! —dijo Inocencio.

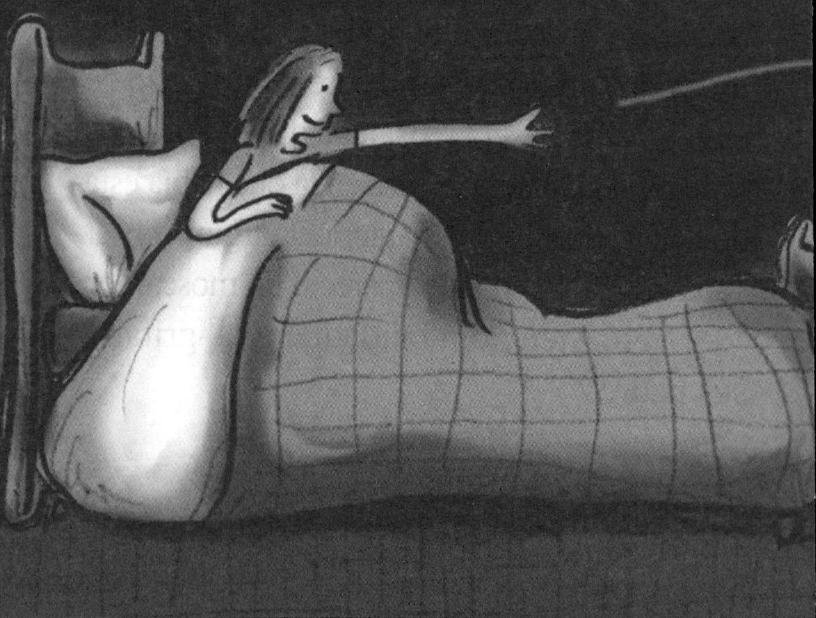

—¡Te puede morder! —advirtió Angustias.

Así que Virginia dijo que no.

Aquella noche el Monstruo del Miedo volvió a visitarla. Tenía la cabeza de perro, miraba fijamente hacia los pies de Virginia y ladraba.

—¡Me quiere comer! —gritó la niña, y un impresionante remolino de aire, hojas secas, papeles de periódico y bolsas entró en la habitación e hizo que nuevamente apareciera el hombre del turbante.

—¿Estás segura? —preguntó.

Entonces Virginia vio que a los pies de su cama había una pelota y, tirándosela lejos, el Monstruo del Miedo desapareció.

El lunes volvió al colegio, y por la noche, cuando el Monstruo del Miedo acudió a visitarla, era ya mucho más pequeño. Tenía forma de enchufe y soltaba chispas, pero en la punta de su cola había un interruptor.

Ahora que Virginia sabía lo que debía hacer para que se marchara, bajó de la cama, se aproximó con cuidado y lo apagó.

El martes, Virginia enseñó a sus padres un libro sobre invertebrados y arañas que había cogido en la biblioteca.

—¡Los gusanos te darán pesadillas! —exclamó su padre.

—¡Las arañas son horripilantes! —se espantó su madre.

—Pero si sólo son fotografías… —contestó Virginia—. ¡No pueden hacerme daño!

Sus padres pasaron la noche atentos por si su hija los despertaba. Pero, curiosamente, aquella noche ni el Monstruo del Miedo ni ningún monstruo se presentó en su habitación.

Desde entonces Virginia ha aprendido a observar atentamente cosas que antes la asustaban y, de ese modo, no confunde a las polillas con los vampiros, ni pasea angustiada por peligros remotos e improbables. Por las noches, el Monstruo del Miedo la visita ya con muy poca frecuencia y, cuando lo hace, la niña se pregunta si es realmente peligroso. A veces simplemente es… un poco feo y, entonces, con mucho cuidado, ella sola lo ayuda a desaparecer.

—¡Qué horror, qué espanto, qué terror…! —gritarían muchos si lo vieran—. ¡Cerrad los ojos y no miréis a ese bicho espantoso!

¿Qué haríais vosotros si os lo encontrarais?

ESTE LIBRO SE TERMINO DE IMPRIMIR EN LOS TALLERES GRAFICOS DE TOP PRINTER PLUS, S. L. L., MÓSTOLES (MADRID), EL MES DE JULIO DE 2008.